D1386954

Nous remercions le Conseil des Arts du Canada,
le ministère du Patrimoine canadien et la SODEC
de l'aide accordée à notre programme de publication.

 Patrimoine
canadien

Canadian
Heritage

Illustration de la couverture
et illustrations intérieures :
Marie-Claude Favreau

Édition électronique :
Infographie DN

Dépôt légal : 1er trimestre 2001
Bibliothèque nationale du Canada
Bibliothèque nationale du Québec

3456789 IML 0987

CHANEL ET PACIFIQUE

**DE LA MÊME AUTEURE
AUX ÉDITIONS PIERRE TISSEYRE**

Collection Papillon
Sacrée Minnie Bellavance, roman, 1992
Minnie Bellavance, prise 2, roman, 1994
Minnie Bellavance déménage, roman, 2000

Collection Faubourg St-Rock
Une place à prendre, roman pour adolescents, 1998

Chez d'autres éditeurs
« Hymne à la vie », nouvelle pour adolescents,
    in *Ah! Aimer…,* Éditions Vents d'Ouest, 1997
Ça roule avec Charlotte, J'aime Lire, nº 100, Bayard
    Presse, juin 1997
Ça roule avec Charlotte, collection Ma petite vache
    a mal aux pattes, Soulières Éditeur, 1999
Roll on, Charlotte! Adventure Box, The Children's
    Magazine Co., juillet-août 2000
Charles 4!, collection Grimace, Éditions Les 400 coups,
    2001

Données de catalogage avant publication (Canada)

Giroux, Dominique

    Chanel et Pacifique

    (Collection Sésame ; 32)
    Pour enfants de 6 à 8 ans.

    ISBN 978-2-89051-783-7

    I. Titre II. Collection.

PS8563.I762C42 2001   jC843'.54   C00-942141-6
PS9563.I762C42 2001
PZ23.G57Ch 2001

DOMINIQUE GIROUX

CHANEL
et Pacifique

roman

**ÉDITIONS
PIERRE TISSEYRE**

5757, rue Cypihot, Saint-Laurent (Québec) H4S 1R3
Téléphone: (514) 334-2690 – Télécopieur: (514) 334-8395
Courriel: ed.tisseyre@erpi.com

À toutes les Clara-Frédérique
qui rêvent,
endormies comme éveillées,
d'avoir la chienne
la plus prolifique.
À tous les papas qui,
de leur côté, espèrent en être
à la dernière portée!

1

LA PUNITION

—N<small>ON</small>, Frédérique ! J'ai dit NON, c'est NON !

Lorsque papa répète NON trois fois avec sa grosse voix d'ogre, je sais qu'il vaut mieux ne pas insister. Sinon, je risque de voir la fumée lui sortir par les oreilles.

Mais je suis déçue. Terriblement déçue. Chanel, ma chienne que j'aime et que j'aimerai toujours, ne peut pas venir se promener aux Chutes-des-Fées avec papa, maman et moi.

Et tu sais pourquoi? Tout simplement parce qu'elle est en punition. Pour avoir déchiqueté en mille morceaux les pantoufles en mouton de papa.

Moi, je dis qu'elle n'est pas coupable. Même si ma chienne est la plus intelligente au monde, elle ne pouvait pas deviner que les pantoufles étaient neuves et qu'elles coûtaient cher. Papa aurait dû lui expliquer avant, plutôt que de la chicaner maintenant. Et, surtout, ne pas les laisser traîner.

— Reste à la maison! ordonne papa à ma chienne.

Chanel a la tête basse et la queue entre les pattes. Ses moustaches retombent comme des fleurs qu'on a oublié d'arroser.

Nous voici tous dans l'auto. Tous, sauf Chanel. Ce n'est pas juste. Ma chienne nous regarde partir. On dirait qu'elle pleure.

Je tente une nouvelle tactique pour convaincre papa.

— Papou! Mon petit pet, mon petit papoupet! Je te promets de tondre le gazon tous les samedis si on peut amener Chanel avec nous.

— Non, Frédérique...

— Alors, je te promets de nettoyer la piscine sans rouspéter pendant tout l'été.

— Non, Frédérique! J'ai dit non!

— Non! Non! Non! C'est tout ce que tu sais dire. Chanel ne peut pas comprendre qu'on ne l'amène pas avec nous parce qu'elle a grignoté des pantoufles qui valaient trop cher! Elle pense plutôt qu'on l'abandonne. Regarde... À cause de toi, ma chienne pleure.

Maman soupire et dit :

— Bon ! Ça suffit, ma cocotte. Chanel ne vient pas. Un point, c'est tout. Et si tu continues, toi aussi, tu vas rester à la maison.

Les paroles de maman me font l'effet d'un glaçon dans le dos. Depuis le temps que je supplie mes parents de venir avec moi aux Chutes-des-Fées. Ils sont toujours trop occupés. J'ai tout avantage à me taire si je ne veux pas perdre ma chance.

J'imagine qu'on ne peut pas tout avoir en même temps dans la vie ! OUISTITI de OUISTITI !

2

LE SOSIE

En cinq minutes, nous sommes arrivés au sentier qui mène aux Chutes-des-Fées. C'est beaucoup plus rapide que lorsque j'y viens à bicyclette.

On décharge les bagages. Papa porte le matériel pour la pêche. Maman récupère le panier contenant le lunch. Je prends mon appareil photo.

Je marche entre mes parents. Mon père sifflote. Ma mère chantonne. Il me manque seulement Chanel pour que je sois heureuse des oreilles aux orteils!

Tout à coup, on entend un cri familier: «Ouaf! Ouaf! Ouaf!»

Nous nous retournons, en famille, comme une seule personne. Je fige sur place. Mes yeux sont aussi ronds que des bols à soupe. Je n'arrive pas à le croire. Au loin, sur le petit sentier, je la vois courir:

— Chanel! s'écrie maman, étonnée.

— Chanel! répète papa. Qu'est-ce que ta chienne fait ici, Frédérique? ajoute-t-il, méfiant.

Je ne sais pas quoi répondre. Je suis aussi surprise que mes parents. Mais probablement beaucoup plus fière qu'eux!

Chanel est maintenant à côté de nous. Je me penche pour la serrer dans mes bras. Tout bas, je lui murmure des mots doux à l'oreille : « Brave petite pitoune fidèle ! »

Pendant ce temps, mes parents discutent :

— Il n'est pas question que cette chienne se moque de nous, gronde papa.

— Voyons, mon chéri, réplique maman. Chanel nous a suivis. Ce n'est pas la fin du monde.

— Il faut donner une leçon à cet animal. Retournons à la maison.

Papa fait déjà demi-tour. Je suis triste et fâchée. Mais, au moment où je vais protester, je vois Chanel lever la patte pour arroser un gros érable. Je m'exclame :

— OUSTITI ! Ma chienne est malade. Elle fait pipi… comme un chien !

Maman regarde de plus près et se met à rire.

— Nous sommes tous dans l'erreur, les cocos ! Le chien que nous avons devant nous ressemble en tout point à Chanel. À la seule différence que c'est un MÂLE !

GENTIL IMAX

D'un seul coup, papa retrouve sa bonne humeur. Il ne parle plus de retourner à la maison. Il prend maman par la main. Ensemble, ils avancent en chantant sur le sentier qui mène aux Chutes-des-Fées.

Je n'en reviens pas. Un chien exactement pareil à ma chienne. Pareil, pareil.

L'animal gambade à côté de nous. Il fait des cabrioles. Papa essaie de l'écarter.

— Va à la maison, chien-chien! Allez!… À la maison!

Rien à faire. On dirait qu'il nous a adoptés. Pour m'amuser, j'essaie de deviner son nom.

— Toupie? Guerlot? Fringale? Moustache?

À chaque nouveau nom, le chien vient me voir. Comme s'il répondait à un commandement.

Mais lorsque je dis: «Imax», il semble apprécier davantage. Il me fait une *lichette* sur la main. Une *lichette* grande comme trois écrans de cinéma! Voilà pour le nouveau nom de mon compagnon imprévu.

Toute la journée, Imax ne nous lâche pas d'une semelle. Il rapporte un million deux cent mille fois le bâton que je lui lance dans l'eau froide du bassin. Il s'assoit sagement sur le petit pont de bois lorsque papa et moi pêchons. Et il mange tous les restes du lunch. J'en profite pour prendre plusieurs photos de mon nouvel ami.

Nous voici maintenant sur le chemin du retour. Maman dit :

—Il va falloir que tu dises au revoir à Imax, ma belle Frédérique.

J'ai le cœur gros. J'aime bien mon copain poilu. Je suis certaine qu'il serait le compagnon idéal pour Chanel. Comme dans mes rêves les plus fous, j'imagine déjà ma chienne attendre des bébés. Timidement, je demande :

— On pourrait peut-être amener Imax à la maison ?

La réponse de papa ne tarde pas à venir :

— On a assez d'une bestiole sans s'encombrer d'une autre ! De toute façon, Imax appartient sûrement à quelqu'un qui le cherche depuis déjà un moment.

Mon père range les bagages dans l'auto. Je caresse Imax. Il me regarde de ses beaux grands yeux doux. J'ai juste le temps de lui donner un bisou sur la truffe, que papa annonce :

— En voiture !

4

PACIFIQUE

Imax ne semble pas du tout in-
téressé à nous abandonner. Papa
essaie de rouler doucement, mais
Imax bondit toujours d'un côté ou
de l'autre. Je crie en fermant les
yeux, tellement j'ai peur :

— Attention !

Papa baisse sa fenêtre.

— Attention, gros chien-chien! Allez! Retourne chez toi. Allez, mon beau!

Rien à faire. Plus papa parle et plus Imax est excité.

— On pourrait chercher à savoir à qui appartient Imax, dit maman. Il y a un nouveau propriétaire dans l'ancienne maison des Jolicœur. Allons le voir.

Maman ouvre sa portière et laisse monter Imax. Il vient me rejoindre à l'arrière et se couche sur mes genoux.

Papa engage l'auto sur la montée allant à l'ancienne maison des Jolicœur. C'est un petit chemin boisé et tortueux qui conduit à une jolie maison cachée dans la forêt. C'est comme ça, dans la campagne, près de chez moi. Il y a plein de maisons cachées qu'on ne voit pas de la route principale.

Il n'y a personne dehors. Aucune voiture stationnée. Maman dit :

— Va frapper, Frédérique. Vérifie s'il y a quelqu'un.

Trois coups cognés à la porte et une gentille dame me répond.

— Bonjour, ma grande! Qu'est-ce que je peux faire pour toi?

— Bonjour! Avez-vous un chien de la race berger anglais?

— Oui, justement. Mais… je ne l'ai pas vu de la journée. Ça lui arrive parfois de faire des escapades. Pourquoi veux-tu savoir ça?

Je lui décris ma promenade aux Chutes-des-Fées en compagnie de mes parents. Et aussi la visite inattendue d'un chien pareil au mien. Tellement pareil qu'au début je l'ai confondu avec ma chienne restée en pénitence à la maison.

La dame rit de mon histoire. Je cours à la voiture chercher son toutou.

Imax saute partout comme un vieux fou. Il vient me voir et va vers sa maîtresse. Il recommence des dizaines de fois.

Dans l'auto, papa s'impatiente. Il descend sa vitre et dit :

— Bonjour, madame. À ce que je vois, nous ramenons le chien à la bonne adresse.

Mon père et ma mère font encore un peu la conversation, puis papa conclut par ces paroles :

— Tu viens, Frédérique ? Il faut rentrer maintenant.

Je fais un dernier câlin à Imax. En montant dans l'auto, je réalise qu'« Imax » n'est pas son vrai nom. Alors, je sors ma tête par la fenêtre ouverte et demande :

— C'est quoi le nom de votre chien ?

Le bruit du moteur couvre un peu la voix de la dame. Mais, malgré le ronron, j'entends clairement :

— Pacifique.

Dans ma tête, je vois mille images. Pacifique ! Un nom qui fait rêver.

Pacifique !… comme l'océan immense.

Pacifique !… comme les gens qui veulent la paix.

J'ai vraiment hâte de revoir Chanel et de lui raconter mon extraordinaire rencontre avec Pacifique.

Oh oui… J'ai hâte en OUISTITI de OUISTITI !

5

UNE BONNE
NOUVELLE
POUR CHANEL

Chanel reconnaît notre voiture. Sa queue s'agite comme un moulin. On dirait qu'elle accueille de la grande visite.

Dès que papa pose le pied dans l'entrée de garage, ma chienne lui saute dessus. Elle lèche son visage et émet des sons qui ressemblent à des plaintes.

—EH! OH! OH! TOI LÀ… Du calme! Du calme, dit papa en reprenant son équilibre.

Papa écarte Chanel de la main. Je vois bien qu'il pense encore à ses pantoufles déchiquetées. Sinon, il profiterait de l'occasion pour se batailler amicalement avec ma chienne. Comme il le fait habituellement.

—Papou! Chanel veut tout simplement s'excuser. Je t'en supplie, mon petit papoupet. Ne la repousse pas!

Papa prend un ton bourru:

—Tu n'as pas à me dire ce que je dois faire, Frédérique.

Et il s'en va sans un regard, sans une caresse pour ma pauvre chienne. Chanel gémit. Elle n'a pas l'habitude d'être exclue. Je suis sûre qu'elle a le cœur déchiré.

Pour la consoler, je l'amène dans ma cabane, dans le bois. C'est mon refuge. Ma cachette intime.

Je flatte doucement la fourrure de ma pitoune adorée. Je gratouille l'arrière de ses oreilles. Je chatouille son bedon. Chanel se trémousse. Elle retrouve peu à peu ses yeux pétillants.

— J'ai une bonne nouvelle pour toi. Une nouvelle qui va te faire oublier les humeurs de mon vieux papou bougon.

Ma chienne se relève, pour mieux écouter ce que j'ai à lui révéler.

— J'ai rencontré aujourd'hui le plus beau chien du monde. Après toi, évidemment! Il est gentil, mignon, doux et d'agréable compagnie. Il s'appelle Pacifique.

Chanel se colle sur moi. Ce que je lui confie l'intéresse de plus en plus.

— Et devine? Toi et Pacifique, vous allez vous rencontrer! Il le faut! Je le veux. Ce serait génial.

Ma chienne me répond d'un drôle de «Ouaf! Ouaf!» Je sais que ça veut dire «J'ai hâte!»

— Laisse-moi juste élaborer un plan. Un OUISTITI de bon plan!

6

LE PLAN

Cher Pacifique,

Mon nom est Chanel. Je ne te connais pas personnellement, mais ma maîtresse, Frédérique, m'a beaucoup parlé de toi. Maintenant, j'ai hâte de te rencontrer.

Vendredi après l'école, Frédérique ira se promener à bicyclette près de chez toi. Je la suivrai en douce. Viens nous rejoindre sur le sentier des Chutes-des-Fées, vers 16 h 00. Chut! Ne le dis à personne; c'est un rendez-vous incognito!

N'oublie pas... c'est important.
À bientôt,
Chanel xxx

P.-S.: Es-tu opéré? Moi, non!

Je relis pour la cinquantième fois la lettre. Je l'insère dans l'enveloppe. Je fais lécher le rabat à Chanel. J'écris avec beaucoup de soin l'adresse :

Pacifique Le Magnifique
2000, rang des Amourettes
Sainte-Babiole-de-Pacotille
J0K 0K0

Je pose un timbre. Je suis fière de mon idée. Demain, pendant la récréation, j'irai poster la lettre chez le dépanneur, près de l'école.

Pour l'instant, ma chienne et moi, nous nous endormons, la tête fourmillant de rêves!

7

LA RENCONTRE

Je pédale plus vite qu'un coureur cycliste. Chanel détale aussi rapidement qu'un sprinteur olympique. On a hâte d'arriver au petit sentier des Chutes-des-Fées.

Je dépose ma bicyclette. Il reste cinq minutes avant le rendez-vous. Dans ma poitrine, mon cœur cogne comme un grand pic. J'espère que Pacifique ne sera pas en retard.

Avec une petite brosse, je lisse le poil de Chanel. J'entoure son cou d'un beau ruban jaune. Je lui répète encore une fois mes recommandations :

— Montre que tu es une bonne chienne bien élevée!

Tout à coup, «CRAC!» Je sursaute aussi haut que si j'avais rebondi sur un trampoline. Un écureuil passe devant moi. Chanel le poursuit. Elle semble déjà avoir oublié mes avertissements.

J'appelle :

— Chanel! Chanel! Viens ici, tout de suite.

L'écureuil grimpe dans un chêne. Chanel grogne après la pauvre bête. La boucle autour de son cou se dénoue. Sa fourrure est toute à rebrousse-poil.

J'ai envie de pleurer. Rien ne se déroule comme dans mon plan. Seize heures cinq. Et Pacifique qui n'est pas encore là!

Au même moment, j'entends une voix chantante:

— Bonjour! Pacifique n'arrivait pas à lire sa lettre tout seul. Alors, je l'ai aidé. En échange, il m'a offert de l'accompagner aujourd'hui.

Je reconnais Pacifique et la dame de l'autre jour. Je souris. Ainsi Pacifique est venu.

Ma chienne ne sait plus quoi faire. Elle est partagée entre son désir d'attraper l'écureuil et celui de rencontrer Pacifique. Finalement, elle délaisse le petit rongeur et viens renifler le chien qui lui ressemble tant.

— Chanel, je te présente Pacifique. Pacifique, voici Chanel.

Les deux toutous se mordillent la queue. Ils se lèchent la truffe. Ils

grimpent l'un sur l'autre et semblent se confier des secrets à l'oreille.

La maîtresse de Pacifique regarde les chiens et dit :

— Je pense qu'ils n'ont pas besoin de nous pour faire plus ample connaissance !

Sur le petit sentier des Chutes-des-Fées, Chanel et Pacifique trottent côte à côte en se faisant des yeux doux.

8

LE SECRET
DE CHANEL

—**F**rédérique! Ça n'a plus d'allure. Ta chienne mange trop. Elle ressemble à un hippopotame.

— Hum, hum! Je vais surveiller ça, papa.

Maman a un sourire en coin, mais elle n'ajoute rien.

Je me dépêche d'aller m'enfermer dans ma chambre. Je consulte de nouveau le calendrier. Si mes calculs sont bons, ce sera pour demain. Ouille, ouille, ouille! Je ne suis plus certaine que ma surprise va plaire à mes parents. Mais… plus moyen de revenir en arrière!

Je vide le bas de mon placard. Je fourre tout ce qu'il y a sous mon lit. Je pars ensuite à la recherche de guenilles ou de serviettes.

Au sous-sol, je me trouve face à face avec maman. Elle dit :

— Tiens, Frédérique! Cela pourrait être utile.

Elle me tend un ancien édredon et une pile de vieux draps. J'en ai le souffle coupé. Je regarde maman, puis lui chuchote à l'oreille :

—Tu as deviné le secret de Chanel?

Elle se contente de me faire un clin d'œil. Je sais que j'ai maintenant une complice.

Je retourne dans ma chambre. J'installe un petit coin douillet avec l'édredon et les draps. J'ai les yeux plein d'eau lorsque je reconnais ma doudou de bébé à motifs de ouistitis.

Chanel renifle mon installation. Elle tourne autour. Hésite. Renifle de nouveau. Finalement, elle se couche sur le lit improvisé et s'y endort. Ouf! Je suis soulagée.

Sur la pointe des pieds, je vais rejoindre mes parents au salon.

— Bonne nuit, papoupet! Bonne nuit, mamounette!

Papa détourne le regard du télé-journal.

— Déjà! articule-t-il. C'est rare que tu te couches si tôt. Tu n'es pas malade, au moins?

Maman s'empresse d'ajouter:

— Va, ma grande! Prends de l'avance pour les soirs où tu seras plus occupée.

Elle et moi pouffons de rire. Papa ne comprend rien. Il hausse les épaules et se concentre de nouveau sur son émission.

C'est la nuit. Un drôle de couinement me réveille. Maintenant, j'entends de grands coups de langue et d'étonnants « mn-mn-mn-mn ». Il me faut une seconde et demie pour réaliser ce qui se passe. Mon cœur bat la chamade. Mon corps frétille de partout.

J'allume ma veilleuse et je vois alors le plus beau des spectacles.

Oh oui… Le plus beau de tous les OUISTITIS de beaux spectacles!

9

LA SURPRISE

— **S**URPRISE! dis-je, excitée, excitée, excitée. Vous pouvez maintenant ouvrir les yeux!

Mes parents sont sur le seuil de la porte de ma chambre. Maman s'écrie:

— Oh! qu'ils sont mignons!

Papa s'étouffe, puis arrive difficilement à prononcer:

— Mais… mais… qu'est-ce que c'est que ça?

Dans le bas de mon placard, Chanel entoure amoureusement ses sept bébés.

Papa répète encore une fois:

— Mais qu'est-ce que c'est que ça?

— Ça, déclare maman en prenant un chiot, ce sont des bébés hippopotames. D'adorables bébés hippopotames, mon chéri!

Je retiens un fou rire. Ce n'est pas le moment de rigoler. Papa fait une tête d'enterrement. Je ne crois pas qu'il apprécie ma surprise.

Mon père pousse un soupir à faire trembler la planète. Il va parler, puis se retient. Finalement, il sort de ma chambre, visiblement furieux.

Je savais que papa ne bondirait pas de joie. Après tout, j'avais comploté dans son dos et je lui imposais sept nouveaux pensionnaires. Mais j'avais espéré qu'en voyant Chanel et ses bébés, il serait un petit peu, petit peu content.

Je suis comme une balounne qu'on crève. Tout mon plaisir s'envole. Je veux suivre mon père. Lui donner des explications. Essayer de me faire pardonner. Lui promettre de m'occuper seule des chiots... de jour... de nuit. Lui dire qu'il n'aura rien à faire. Que j'ai déjà trouvé plein de personnes pour acheter les bébés lorsqu'ils seront sevrés. Que... que... je vais lui acheter une nouvelle paire de pantoufles. Que... que...

Ma mère me retient :

— Attends un peu, Frédérique. Laisse à papa le temps de digérer ton histoire. Après, je suis certaine que ça ira.

Moi, je ne suis plus sûre de rien. Et ça me fait mal en dedans. J'ai peur que papa reste fâché pour toute la VIE. Ce serait la pire des catastrophes.

Chanel se lève. Elle va rejoindre mon père assis dans le salon. Avec son nez, elle pousse sur les jambes de papou pour attirer son attention. Elle insiste jusqu'à ce qu'il dise :

— Qu'est-ce que tu me veux, vieille picouille de ratatouille ?

Le ton est affectueux. Fière de cette première victoire, ma chienne émet un petit jappement irrésistible. Ensuite, elle lèche mon père comme s'il était de la crème glacée au chocolat !

Papa prend une grande respiration. Sa colère semble évanouie. Il hésite un peu, ébouriffe la fourrure de Chanel, puis la suit d'un pas résigné dans ma chambre.

Au fond, mon père adore ma chienne.

Il nous regarde tour à tour. Soupire de nouveau un grand coup. Puis, sur un ton théâtral, il déclare :

— Vous avez encore gagné ! Mais j'aimerais savoir ce que j'ai bien pu faire pour mériter une femme, une fille et une chienne aussi terribles que vous. GRR ! Trois affreuses complices qui m'en font voir de toutes les couleurs. Heureusement que je vous aime gros, gros, gros parce que, sinon…

Papa nous serre alors très fort dans ses bras. Je suis soulagée comme ce n'est pas possible d'imaginer. Chanel comprend, elle aussi, que tout va désormais pour le mieux. Elle retourne auprès de ses bébés. Les chiots tètent goulûment leur maman.

Après un moment d'observation, mon père dit :

— Ah… la-la-la-la ! Je n'ai vraiment jamais le temps de m'ennuyer avec vous autres et toutes vos manigances…

Mon petit papoupet ne pourrait mieux dire. Surtout s'il savait que les sept chiots de Chanel sont en fait sept petites femelles ! (Qui auront peut-être un jour, à leur tour, chacune de nombreux bébés ! Mais chut ! Ça, c'est une autre histoire !)

TABLE DES MATIÈRES

1. La punition 9

2. Le sosie 15

3. Gentil Imax 19

4. Pacifique 23

5. Une bonne nouvelle
   pour Chanel 29

6. Le plan 33

7. La rencontre 37

8. Le secret de Chanel 43

9. La surprise 49

Dominique Giroux

Chanel et Pacifique... c'est une histoire vraie, à peine romancée. Parlez-en à Clara, une des filles de Dominique Giroux. Peut-être y reconnaîtrez-vous Frédérique. Mais n'oubliez pas, aussi, de discuter avec Xavier, le mari de l'auteure. Il saura sûrement vous donner des conseils sur l'art de vivre entouré de sept chiots qui arrivent dans votre vie, comme un poil sur la soupe!

Collection Sésame

1. **L'idée de Saugrenue**
   Carmen Marois

2. **La chasse aux bigorneaux**
   Philippe Tisseyre

3. **Mes parents sont des monstres**
   Susanne Julien
   (palmarès de la Livromagie 1998/1999)

4. **Le cœur en compote**
   Gaétan Chagnon

5. **Les trois petits sagouins**
   Angèle Delaunois

6. **Le Pays des noms à coucher dehors**
   Francine Allard

7. **Grand-père est un ogre**
   Susanne Julien

8. **Voulez-vous m'épouser, mademoiselle Lemay?**
   Yanik Comeau

9. **Dans les filets de Cupidon**
   Marie-Andrée Boucher Mativat

10. **Le grand sauvetage**
    Claire Daignault

11. **La bulle baladeuse**
Henriette Major

12. **Kaskabulles de Noël**
Louise-Michelle Sauriol

13. **Opération Papillon**
Jean-Pierre Guillet

14. **Le sourire de La Joconde**
Marie-Andrée Boucher Mativat

15. **Une Charlotte en papillote**
Hélène Grégoire
(prix Cécile Gagnon 1999)

16. **Junior Poucet**
Angèle Delaunois

17. **Où sont mes parents?**
Alain M. Bergeron

18. **Pince-Nez, le crabe en conserve**
François Barcelo

19. **Adieu, mamie!**
Raymonde Lamothe

20. **Grand-mère est une sorcière**
Susanne Julien

21. **Un cadeau empoisonné**
Marie-Andrée Boucher Mativat

22. **Le monstre du lac Champlain**
Jean-Pierre Guillet

23. **Tibère et Trouscaillon**
Laurent Chabin

24. **Une araignée au plafond**
Louise-Michelle Sauriol

25. Coco
Alain M. Bergeron

26. Rocket Junior
Pierre Roy

27. Qui a volé les œufs?
Paul-Claude Delisle

28. Vélofile et petites sirènes
Nilma Saint-Gelais

29. Le mystère des nuits blanches
Andrée-Anne Gratton

30. Le magicien ensorcelé
Christine Bonenfant

31. Terreur, le Cheval Merveilleux
Martine Quentric-Séguy

32. Chanel et Pacifique
Dominique Giroux